文芸社セレクション

碧き海の伝説

月野 透

TSUKINO Toru

文芸社

碧き海の伝説

「何だ、ありゃ！」

ねっとりとまとわりつくような暑さで、息苦しくなるほどの夜。海に突き出た岩場で釣りをしていた漁師の平吉は、身を乗り出して思わず叫んだ。

「平さん、どうしたんだ？」

と、一緒に来ていた三郎が平吉のそばに来て、彼の視線の先に目をやった。時刻はすでに夜の十一時を過ぎていた。

二人が立っている岩場からは、白い波飛沫が舞う暗い海が見える。

その時、三郎の視界に、遠く小さな岩山が切り立っているあたりを動く、何か白いものが飛び込んできた。

それはかなりのスピードで浜と並行して泳いでおり、非常に大きな魚のようにも見えた。

突然、それは海面から浮上して、長い黒髪にも見える尾ひれのようなものを一八〇度後方に振り上げた。

「人間の女だ！」

「まさか！　でも見たこともない生き物だな…。こんな荒い夜の海をあんなに速く泳げるわけはねえぞ…」

二人が驚きの声を上げているうちに、ゆっくりとそれは海中に姿を消した。

茫然と立ちつくしていた二人は我に返って、釣り道具の片づけもそこそこに、駐在所に走って行った。

翌日、夕刊紙の地方版に大きな見出しが躍った。

『人か？　人魚か？　夜の瀬戸内海を泳ぐ謎の物体！』

その後、この瀬戸内海に浮かぶ小さな島に、全国から観光客が訪れた。お目当ては、当然、海の怪物体だが、いつしかこの地方に伝わる人魚伝説とも相まって《人魚のいる島》として知られるようになっていった。

一九八一年の夏、瀬戸内海の小島で起きた不可思議な出来事であった。


僕、西本弘志がこの《人魚のいる島》、正式にはT島を訪れたのは、例の新聞報道があった時からちょうど一年が経った一九八二年の七月であった。

四国から島への定期船は、報道直後ほどの混雑はないものの、数名の観光客とおぼしき人々が乗り込んでいた。

夏の日差しが海面を照り付け、ガラスの欠片を散りばめたようにキラキラと輝くさまは、これからの旅の期待をいっそう高ぶらせる。

地元四国にある四国テレビに勤務して六年目になる僕は、去年、東京支社に異動となり、都内の駅売りの夕刊紙でこの騒動を知ったのだ。それから一年経っての現状の取材で、この島を訪れたのだった。

出張の期間は三日間である。

あの人魚騒動は、一年が経過した今も、事の真相は謎のままで、何も明らかになっていなかった。

唯一の目撃者であった漁師の平吉さんと三郎さんは、あの出来事の後も、押し寄せる観光客のために、島の役場から観光ガイドを任されて、連日、二人が目撃した岩場で『語り部』となっていると聞いていた。

「結局、人魚はいないのか…」

僕は、一人つぶやきながら、碧い海の中を自在に泳ぐ美しい人魚を思い浮かべていた。そして、その人魚と重なるように泳ぐ一人の少女の姿が、鮮やかに記憶の底からよみがえってきた。

（瀬戸内のマーメイドか…）

あれは今から四年前の一九七八年、僕が社会人二年目の新米記者時代で、四国テレビが制作した特番の取材に奔走していた頃のことである。

特番のタイトルは『瀬戸内のマーメイド』という三十分もので、その内容は、当時、四国のＡ県にある県立高校二年の女子生徒を取材したドキュメンタリーであった。

女子生徒の名前は速水京子といい、当時、水泳競技のオリンピック強化指定選手であった。

彼女は中学三年の時に、水泳の全国中学生大会の二〇〇ｍ自由形で優勝し、高校に進学してからは、一年生の時に全国高校総体で優勝、二年生の時には東京で開催された社会人も含めた全日本選手権にも出場、二位入賞を果たした。

そして、その年の八月にベルリンで開催された世界水泳選手権にも出場し、一躍、全国にその名前を知られるようになったのである。

地元四国の熱狂はすさまじく、この天才少女がオリンピックで日の丸を揚げることを、誰もが期待したものである。

僕が速水京子に会ったのもちょうどその頃で、学校に出向いてプールでの練習風景を毎日のように取材していた。

その年の暮れに『瀬戸内のマーメイド』はキー局から全国ネットで放映され、まさに四国の一人の少女が、日本国民の期待を一身に集める存在となったのである。

しかし、水泳の天才少女も内面は純粋な高校二年の少女であり、その身にかかる重圧を、周りの大人たちは知る由もなかった。

「そして、あの事件が起こったんだ…」

思わずつぶやいた僕に、当時の出来事が鮮明によみがえってきた。


年が明けて、一九七九年四月の全日本選手権大会。この時、高校三年生になった速水京子は、得意の二〇〇m自由形に出場し、順当に準決勝を勝ち上がり決勝まで進むことになった。

観客席で見ていた僕も、また観客の誰もが速水京子の全日本初優勝を確信していた。

だが、翌日に行われた決勝のレースに登場してきた京子は、顔面蒼白で、明らかに元気がなかった。それでも僕は、それが単なる緊張から来るものと思い、スタートすればいつものダイナミックな泳ぎが見られると期待していた。

やがて、スタートの合図で一斉に選手たちがプールに飛び込んだが、ひとり速水京子だけが明らかに遅れて飛び込んでいった。

それでも観客の誰一人、気にも留めずにレースを見守っていた。

最初の五〇ｍを、京子は八人中最下位で折り返し、トップを行く中学二年の新星にははるかに遅れていた。

「京子、どうした！　行け、行け！」

僕が思わず大声を出すと、つられて周りの観客も叫ぶように声援を送り始めた。

一〇〇ｍを折り返す頃には、トップの新星と京子の差はプール半分位ついていた。京子のピッチはまるで上がらず、最下位をキープしていた。

観客がざわめき出し、「アクシデントか」「止めさせろ！」などの怒号まで飛び出して、場内は騒然となった。

（これは明らかに変だ。京子に何か起こっているぞ…）

僕はレースどころではなく、京子だけを凝視していたが、その間にトップの中学生がゴールし他の選手も続々とゴールしていった。

京子はというと、ようやく最後の一五〇mを折り返したところで、残りの五〇mを一人で泳いでいた。

場内からは、温かい拍手もあったが、期待が大きかった反動で、悲鳴にも似た激励と罵声が入り混じって聞こえていた。

トップの新星がすでにプールから出た頃に、京子がゴールにたどり着いた。京子は電光掲示板をチラッと見て、そのままプールに潜ると、しばらくそのまま身を潜めるように顔を出さなかった。

(大丈夫かな？　泣いてるのかも…)

僕もいたたまれない気持ちでじっと京子が顔を出すのを待っていた。

歓声と怒号が渦巻いていた観客席も、その一瞬、水を打ったように静まり返っていた。

ふと水面が動いて、京子が浮かび上がってきた。それを待っていたかのように、一瞬のどよめきの後に、再び拍手と歓声が湧き起こった。先ほどと違って、怒号や野次はあまり聞かれなくなっていた。

京子はゆっくりとプールから上がると、場内に一礼してうつむきながら引き揚げて行った。

記者がインタビューしようと駆け寄るのを学校関係者が制している。

ここに『瀬戸内のマーメイド』の神話はあっけなくその幕を閉じたのだった。

その後の取材で、京子の異変の原因が徐々に明らかになってきた。

彼女は、あの決勝の前日に行われた二〇〇m自由形準決勝のレースで腰痛を引き起こしていたと語ってくれた。

その痛みは、歩くのもつらいほどで、その夜は一睡もできなかったそうである。

そんな状況でも、京子は自分を応援してくれている全国のファン《彼女の元には、その当時、毎月百通を超えるファンレターが学校に届けられていたそうだ》のためにも、そしてお世話になった学校関係者のためにも、決勝レースに出ないという決断は出来なかったと、苦しそうに語っていた。

この取材の後も、僕は何度か速水京子に会って話を聞いた。あの特番収録時の取材が縁で、京子は僕にだけは、心の内を明かしてくれることが多かったのではと、今もそう思っている。

僕が最も引っかかったのは、京子が何故そこまでの腰痛を抱えたままで決勝レースに出場したのかということだった。

彼女自身が語っていたように、純粋にファンのため、お世話になった方のためにという理由も理解できないわけではない。だが、速水京子という世界にも通用するであろう逸材を、今後の競技生活に影響しかねない可能性さえある身体の状態で、決勝レースに出場させた周囲の大人たちの選択は間違っていなかったのか……この点が僕には、どうしても理解できなかった。

それについては後日、京子の学校の水泳部コーチに疑問をぶつけたところ、

「決勝当日、速水京子からは一言も体調不良についての申告はなかった。そればかりか、いつも通りの準備をたんたんとこなしていたので出場させた」

と話してくれた。また、そのコーチは彼女の顔色が少し悪いと思ったので、それについて訊ねたところ、

「昨夜は緊張で眠れなかったんです。少し寝不足気味ですけど大丈夫です」

と言われたそうだ。

しかし、僕は、京子を決勝レースに出場させた原因が、彼女が語ったこと以外にあるのではと思い、あらためて決勝レース当日の資料を調べ直した。

丹念に資料を読み直してみて、少し気になった記事があった。速水京子の敗退ばかりがクローズアップされていたが、実は、もう一人の有望な男子選手が交通事故で欠場したという記事が残っていたのだ。

その選手は鈴木涼太といい、速水京子ほど全国的に名の知れた選手ではなかったが、地元四国では『四国の飛び魚』とまで云われた有望な選手であった。

当時、京子より二歳上で関西の大学二年生の二十歳の若者であった。

彼は一〇〇mと二〇〇mバタフライの選手で、その泳ぎのフォームから『飛び魚』と呼ばれたようである。

彼はまた、速水京子と同じ高校の先輩にあたり、四国ではトップクラスの選手で全国大会にも出場する実力を持っていた。

この全日本の決勝で二位までに入れば、強化指定選手として来年のモスクワ・オリンピック（日本は当時の政治状況から不参加となった）に速水京子と共に出場できる可能性があった。

彼は、前日に行われた準決勝のレースの帰り道、横断歩道を渡っていた時に、急に左折してきた車とぶつかって、両足を骨折する大けがを負ったと、当時の新聞記事にあった。

周囲の学生から話を聞くと、速水京子は鈴木涼太を慕っていた、というよりも恋愛感情に近いものを抱いていたという。水泳部の生徒達も、涼太が高校にいた当時、速水京子と遅くまで残って二人で練習を続けていたと口を揃えた。

そんな京子にとって、大切な先輩が決勝レースに出場できなくなり、ケガの具合によっては選手生命を絶たれる事態に遭遇し、平常心を保てなくなったことは容易に想像できた。

後日、速水京子と僕との会話の中で、そのことを直接、京子に問いただしてみると、一瞬、表情が固まったように見えたが、その後、涙を流しながらその時の心境を語ってくれた。

このことは、今でも僕の胸だけにしまってあるのだが、自分と一緒にオリンピックに行こうと約束していた先輩の事故で、京子の精神状態は完全にボロボロになったという。京子自身も決勝レース当日の朝、鈴木涼太の欠場を知り、自分だけがこのまま勝ち残って、オリンピックに行くという気持ちには、どうしてもなれなかったと言っていた。

それでも気力を振り絞って涼太の分まで、そして応援してくれている人たちのために頑張ろうと決勝レースに臨んだが、全く身体が動いてくれなかったそうである。

レース後に多くのマスコミが押し寄せて、不調の理由を尋ねられ、真実はともかく、何か理由を説明しないと納得してもらえそうもなかった。

結局、京子は腰痛の発生を不振の理由にした。実は、前日のレース後に軽い腰痛が出たが、泳ぎに大きく影響するほどではなかった。それでもレースの不振の理由にするには都合が良かったのだと、僕だけに語ってくれたのだ。

ここまで、僕が鮮明に、そしてほんのひと時、一九七八年から一九七九年の出来事を思い返していたのは、この海の景色と、人魚《マーメイド》というイメージが重なって、僕の遠い記憶を呼び覚ましたからだった。

そんな想いに浸っているうちに、船は『人魚のいる島』であるT島へ到着した。

他の観光客と共に下船すると、まずは聞き込みと腹ごしらえを兼ねて、目の前にある食堂に入った。

早速、店のおばさんに注文をしながらそれとなく聞いてみた、

「去年の人魚騒動の時は大変だったでしょう、最近は落ち着いたのかな…」

「もうすっかり静かになったわねぇ…。あの当時は、そりゃーすごい人で、ここも連日、満員になって近所のおかみさん達に交代で手伝ってもらったほどよ」

店のおばさんは、当時を思い出したのか満面の笑みで話してくれた。

「その後、人魚か何かを目撃した人は出てこなかったんですね」

「そうそう、結局、あの二人の漁師さん以外は誰も見てないの。もっとも、あの騒ぎの頃は、夜でも大勢の人が浜に繰り出して海から何かが出てくるのを待っていたか

ら、人魚も出づらかったんじゃない…」

と高らかに笑って、おばさんは他の客の所に行った。

あらためて店内を見回すと、人魚騒動の頃の名残なのか、著名な作家や評論家が取材に訪れたとみえ、数枚の色紙が飾ってあった。

注文したかつ丼が運ばれてきた時、何気なくおばさんに聞いてみた。

「そういえば、三、四年前に四国で有名だった速水京子は、今、どうしているか知ってるかな」

「速水…、ああっ、あの水泳の…。高校卒業してからどうしているかは知らないわ…。そうそう彼女は一時、この島に来ていたことがあったのよ。この脇の道を登って行ったあたりに彼女のおばあさんが住んでるからね」

「本当ですか！　それはいつの頃の話？」

僕は、旨そうなかつ丼に箸をつけるのも忘れて聞き返した。

「そうねぇ…、一年くらい前かしら。あまり覚えてないけど。そうそう一度だけ店に来てくれたことがあったわ。おとなしい子で、最初は彼女が、あの水泳の選手だったなんて全然わからなかったのよ」

「彼女のおばあさんの家をご存知ですか？」

「狭い島だからねぇ、そりゃ知ってるわよ。この上の方にある畑のある家よ。彼女もそこで畑仕事を手伝っていたみたいだから」

僕は、大急ぎでかつ丼をかき込むと、速水京子の祖母が住む家に向かうべく、足早に店を出た。

夏の陽射しは相変わらずサンサンと降り注ぎ、半袖シャツから伸びた両腕を焦がしていく。

（速水京子がこの島に来ていた。それも一年くらい前に……。ちょうど人魚騒動の頃だ！）

僕が、T島に向かう船の中で、速水京子の事を思い出したのは、やはり人魚と速水京子（瀬戸内のマーメイド）を結び付ける何かがあるような気がしたからだった。

速水京子の能力をもってすれば、この島の岩だらけの夜の海で、自在に泳ぐこともそれほど難しくはないだろう。

僕の勝手な推理はどんどん拡がり、胸が高鳴るのを覚えていた。

島の中ほどの小高い丘の上に、速水京子の祖母の家があった。縁側の引き戸が開けっ放しになっているので在宅のようである。

「ごめんください…、いらっしゃいますか」

僕が大声で呼ぶと、家の中から初老のご婦人が現れた。

「何かご用ですか？」

と、少し警戒した様子でたずねられた。

「失礼ですが、速水京子さんのおばあさまですか？」

そのご婦人はちょっと驚いた様子だったが、ゆっくりと僕の顔を見回してから静かに口を開いた。

「そうですけど、あなたは？」

「僕は、四国テレビの西本という者で、この島の取材をしています。以前に京子さんの番組を放送させてもらった際にも、A県で京子さんに直接、お会いして取材をさせて頂きました。今日は、京子さんについて少しお聞きしたい事があるのですが…」

「あーっ、あの時の京子の出たテレビ番組の人ね。京子は去年、ここの畑の手伝いに来てもらっていましたよ。なんせ私一人じゃ力仕事ができないのでねぇ…」

「京子さんは、いつまでここでお手伝いされていたのですか？」

「秋の収穫が終わるまでだから、十月頃までいましたねぇ」

「その間、京子さんは、ここの海で泳いだりはしませんでしたか？」

僕は徐々に核心に迫る質問を始めたが、彼女は、特に疑う様子もなく答えてくれた。

「京子がまだ小さい頃は、ここに遊びに来ると必ず海で泳いでいたわ。幼稚園に通っている頃から、海でもスイスイ泳いでいたので、周りの人達もびっくりしていましたよ」

彼女は、当時を懐かしむように、目を細めて遠くの海を見つめながら話を続けた。

「でも去年、来ていた頃は、テレビで放送されたりして顔も知られていたので、海に泳ぎに行くことはなかったわ。もっとも昼間は畑仕事が忙しくて、泳ぎに行く暇なんてなかったしね」

「夜はどうされていましたか？　夜の人目につかない時間に、海に泳ぎに行ったりはしなかったですか？」

「ここの海は普段でも岩場が多くて波が荒いのよ。だから夜は誰も泳いだりしないわ。第一、真っ暗で危険だし、何か出そうだものねぇ…。そうそう人魚が出たんですものね」

と、彼女は笑いながら言った。

「京子さんは、夜もこの家にいらしたのですか？　外出されることはなかったですか？」

彼女は、この質問にちょっと怪訝な顔をしたがきっぱりと言った。

「まず無いわねぇ…。昼間の畑仕事がきつくて、私も京子もぐったり疲れているから、夜も八時くらいには電気を消して寝てしまうの」

「そうですか…。京子さんはこれからもここに来られることはあるんですか？」

「いつ来るかはわからないわ。もう、畑もご覧のように小さくしたから京子に手伝ってもらう必要もなくなったし、京子もA県で仕事してると聞いてるし。でも、あなた、お願いだから京子のことはそっとしておいてあげて！　あなたのところのテレビの放送の後で、京子は有名になったけど、実家にも人が押し寄せるし…」

と、彼女は言葉を詰まらせた。当時を思い出して胸が熱くなったのか、うっすら涙を浮かべてこう話を続けた。

「東京の全日本で負けた後は、いたずら電話はバンバンくるし、通りすがりの人に嫌味を言われて泣きながら帰ってきたのよ。本当に京子にはもう近づかないで！」

彼女は、きっぱり言い終わると、頭を下げて家の中に引っ込んでしまった。

京子の祖母宅をあとにして、僕は島の坂道をはるかに海を眺めながら下っていった。歩きながら、僕はひとつの仮説を立てていた。

おばあさんの話では、昼間の畑仕事で疲れて、夜の八時には京子も一緒に寝てしまうとのことだった。だが、おばあさんが寝た後に、京子が一人で家を抜け出しても気付かれることはないだろう。

もっとも、何で夜の海で泳ぐ必要があったのか？　そこのところは、僕にも全くわからなかった。

時刻は午後の三時を過ぎていたが、島を歩いてもあまり人に出会うことはない。そのまま海の方まで下りて行くと、そこには数名の観光客らしき人達が思い思いに浜や岩場で遊んでいた。

この島の海は岩場が多く、だいぶ一般の海水浴場とは趣が違う。岩にはじける波も荒く、たしかに何かが出てきそうな雰囲気を漂わせている。

浜から見える小さな岩場に『人魚目撃の地』と記された標識が立っていた。あそこで、二人の漁師が何かを目撃したのかと、僕も思わずその先の海面に目を走らせた。

ここで泳ぐのは、『瀬戸内のマーメイド』と言われた速水京子でも至難の業に思われた。ましてや真っ暗な夜の海では尚更だ。

人魚らしきものが目撃された当日は、記録によると満月で、月の光はあったようだが、それでも怖いと、男の僕でも怖気づくような情景が目に浮かぶ。

僕は海をあとにして、今日の泊まりの民宿へと向かった。

『三島屋』と書かれた看板の民宿に入ると、僕はまず風呂に行った。浴室には小さな露天風呂もあり、そこから見える夕日を浴びた瀬戸内海はまさに絶景であった。

ゆったりと湯に浸かっていると、僕の頭の中で様々な想像が湧き起こり、まるで映画のワンシーンを観ているかのように目の前を映像が通り過ぎる。

(速水京子は、今、どこで働いているのか?)

(交通事故にあった鈴木涼太は、今、何をしているのか?)

(人魚らしきものを目撃した二人の漁師は、実際には何を見たのだろうか?)

僕は、自らの疑問だらけの心の問いかけに、多少、頭が混乱してきたのでとりあえず湯から上がることにした。

夕食は、この民宿の食堂で他の宿泊客と一緒に持て成された。食堂の壁にも『人魚のいる島』と書かれたペナントが貼ってある。

僕はビールを注文し、運んできてくれた女将さんにそれとなく聞いてみた。

「そういえば、最近は、人魚目当てのお客さんは減りましたか?」

「今年に入って、ぐっと減ったわねぇ。以前は、三か月先まで予約で埋まっていたけど、ここ数か月はめっきり少なくなったわ」

「結局、その後の目撃情報が無いんですよね」

「そうなの…、あれだけ観光客が、昼に、夜にと海の周りにいたら、人魚も恥ずかしくて出てこれないんじゃないかしら」

女将は、昼間の食堂のおばさんと同じ事を言ってケラケラと笑った。

僕は、いよいよ核心に迫る質問をぶつけてみた。

「何年か前に有名になった水泳の速水京子さんが、この島に来ていた事は知っていますか？」

「ええっ、たしかお客さんの誰かから、去年、あの子のおばあさんの家に手伝いに来ていると聞いた事があるわ。でも、最近は姿を見かけた事は無かったわねぇ…。少なくとも私はあの子が小さい頃しか会ってないわ。あっ、ビールもう一本、お持ちしましょうか？」

「えぇっ、お願いします。誰か、彼女のその辺の事を知っている人はいないですかねぇ」

「お客さんは、あの子のお知り合い？」

と、女将はやや不審な目付きで僕を見つめた。

「ああっ、すみません…、色々と聞いたりして。僕は、四国テレビの者で、この島の《人魚騒動のその後》を取材に来ているんです。速水京子さんとは、四年前にテレビ放映した『瀬戸内のマーメイド』を制作した時に、取材で何度かお会いしたので、今はどうしているのかと思ったもので…」

「なぁーんだ、そうだったのね。それならあとでウチの主人を呼びましょうか。あの人なら、ここが地元なので、昔からこの島の事は色々と知ってるから。私は他所から嫁に来た者だからね」

女将は苦笑して引き揚げて行った。

二本目のビールを飲みながら、食事を終える頃に、民宿の主人がこちらにやってきた。六十代くらいのよく日焼けした精悍な顔つきの男であった。

「お客さん、何か聞きたい事があるそうで…」

想像通りの野太い声で、水野と名乗るこの民宿の主人はテーブルの向かい側に座った。手にはお銚子とお猪口を持っている。

取りあえず乾杯をして、他愛のない世間話で盛り上がってから、僕は核心に切り込んだ。

「ご主人は、ご自分でも釣りに行って食材を調達するそうですが、海で奇妙な経験をした事はありませんか？」

「そりゃ、長いこと海には船も出してるし、特に夜釣りの時は色々とおかしな事があったよ」

「それは、例えば人魚のような…」

「ハハハ、そりゃ無いけどなぁ。でも大きな魚が船底にぶつかったりなんてのは、しょっちゅうだから。それが魚なのか何なのかは、見ることができないから何ともねぇ…。あと、よく言われるけど、火の玉を見たこともあるよ。科学的には説明がつくらしいけど、実際に間近で見ると、そりゃ気味が悪いよ」

主人の水野さんは酒を飲みながら、ちょっと薄い笑いを浮かべて、僕の目の奥まで覗き込むようにして話してくれた。

「やっぱり、海には何がいてもおかしくない神秘的なところがありますね」

僕がさらに水を向けると、

「まぁ、漁師達は多かれ少なかれ不思議な体験をしているはずさ。それを港でしゃべるうちに、その話が大きくなって『海の伝説』が創られていくんだと思うね」

水野さんは、自分の言葉に納得したように頷きながら話してくれた。

「ところでご主人。『瀬戸内のマーメイド』と言われた速水京子のことはご存知ですか?」

「ああっ、もちろん知っているとも。京子ちゃんが幼い頃に、家族でこの島のおばあさんの家によく遊びに来て、水泳の選手だった父親と海で泳いでいたからね。ウチにも家族で昼飯を食べに来てくれた事もあったしね。大きくなってからは見ていないけど、水泳の全日本まで行ったんだから大したもんだ」

水野さんの話は、僕の推理を裏付ける内容で興奮した。京子の父親が水泳の選手だったとは、当時の取材でも全く話してくれなかったが、この事実は貴重な手がかりとなってきた。

「そうですか! 京子さんの父親は水泳選手だったんですか…。カエルの子はカエルというけど、そのお父さんは京子さんに英才教育を施していたんですかね？」

　僕がまた、自分の推理からの質問を投げると、水野さんは、まさに予想通りの答えを返してくれた。

「そうだねぇ…、まぁ、四、五歳の女の子を、あの荒い海で泳がせるんだから、今じゃぁ考えられないねぇ…」

「ちょうど、東京オリンピックの直後だったから、日本全体に根性論が湧きだしていましたよね。東洋の魔女とか…」

「そうそう、あのバレーボールの決勝は興奮したねぇ。あの頃はとにかく身体をいじめて、走ったり跳んだりすることが奨励されてたから、根性第一だったなぁ…」

　ここで、僕はさらに踏み込んだ質問を投げかけた。

「京子さんは、今はどこで、どうしているのかご存知ですか？」

「うーんと、たしか二年前に高校を卒業してから、A県の別の所へ引っ越したって聞いたけどなぁ。その年は、あの子の父親が亡くなったって聞いたよ。そうそう、去年、おばあさんの所に畑仕事の手伝いに来ていたよ」

「京子さんを見かけましたか?」

「いやぁ…、去年は夏からの人魚騒動で仕事が忙しくなったからね。あの子もここへは顔を見せなかったし、外でも見かけなかったなぁ」

「去年、A県に戻ってから、京子さんはどこかに勤めたんですか?」「いやぁ、そこまではわからないなぁ…。そうだ! 今年もあの子の母親から年賀状が来ていたはずだから、そこの住所を訪ねてみたらどうだね」

そう言って、水野さんは、女将に年賀状の束を持ってくるように伝えると、グビっとお猪口を傾けた。

程無くして、女将が年賀状の束を持ってくると、水野さんは丁寧に一枚一枚めくり始める。そのうちに指が止まって、一枚の葉書を差し出した。

「あったぞ、これだ。住所を見てくれ」

そこは、僕が以前に取材で訪れたA県の住所ではなく、同じA県でも全く別の所であった。

素早くメモを取らしてもらったが、四国の他県出身の僕でも、A県のその住所には馴染みがなかった。

「本当にありがとうございました。明日、A県の彼女の自宅を訪ねてみます」

「おぅ、お役に立てて何よりだ。それじゃあ、もう少し飲もうかねぇ」

と、水野さんはご機嫌でお銚子の追加を持ってこさせ、僕もお猪口を受け取って、夜が更けるまで二人で話し込んだ。実は、その間に宿の電話で、四国テレビ本社にいる同期入社の田中に、今までの経緯を伝え、速水京子の現在の勤務先の調査を依頼しておいた。


翌朝、朝食の前に、また『人魚目撃の地』の岩場近くの浜を散策すると、朝の海の穏やかさは、当初の目的である人魚騒動の後日談の取材を忘れさせるほど、美しくなめらかに光り輝いていた。

ちょうど標識のある岩場に、目撃者の二人の漁師がいた。取材とことわって二人に話を聞いたが、目新しい事実は出てこなかった。

宿の朝食を済ませ、主人の水野さんと女将に見送られながら、僕は民宿『三島屋』

を後にした。そしていよいよ四国のA県に向かう船に乗り込んだ。

昨日、このT島へ向かう船上で不意に記憶の底から浮上した『瀬戸内のマーメイド』を求めて、僕はさらに自分の立てた推理に興奮を覚えていた。


四国に入った僕は、バスを乗り継いでA県へと入って行った。

水野さんから教わった速水京子の住所の付近まで来ると、すでに時計は午後一時を三十分ほど過ぎていた。

バスを降りると、絵に描いたような閑散とした田舎町であった。それなりの風情はあるが、遠くに山が見える他は海も見えず人通りも少ない。

「こんなに寂しい所に、あのマーメイドが住んでいるとは…」

僕は思わず声に出した。風で飛んできたのか、新聞紙の切れ端が足にまとわりつく。

まずは駅の電話から四国テレビの田中に連絡を入れた。彼が言うには、

「速水京子は、現在、P電機に勤めていて、今年の実業団水泳大会に出場すると新聞

にも出ているよ」

と、手際よく報告してくれた。いよいよ僕の推理を一つ一つ確信に変えていくような展開だ。

今朝、T島の民宿で一般紙にさっと目を通した時には気付かなかったが、おそらく掲載されていなかったのだろう。

ここの地元の地域版だから掲載されているのだ。そう思って、周囲を見回したが、新聞を売っているような店はない。

（そうだ、昼飯もまだだから、どこか食堂に入れば、新聞や雑誌は置いてあるだろう）

ちょうど、近くに古びたラーメン屋があったので急いでノレンをくぐった。カウンターと奥に小上がりがある店で、時間的に客は少なかった。

僕はカウンターに荷物を置いて、みそラーメンを注文すると、すぐに新聞がないかと店内を眺めた。するとカウンターの端に、新聞や雑誌が無造作に積まれているのが目についた。その山の中からスポーツ新聞とローカル紙を取り出して席に戻ると、まずはスポーツ新聞に目を走らせた。

一面、二面、三面とページを繰っていくが、どこもプロ野球と高校野球の記事ばかりで他のスポーツ記事が出てこない。やがて相撲、プロレス、ボクシングなどの格闘技が続いて、競馬のコーナーに入る前のページに、小さく『帰ってきた！　速水京子』という見出しをみつけることが出来た。

いつのまにか、みそラーメンも目の前に置かれており、割りばしを割るのももどかしくその記事を読み始めた。

内容はこうだ。《かつて、地元を熱狂させた水泳の天才少女・速水京子が三年ぶりに、東京で行われる全国実業団水泳大会に出場する。彼女の現在の所属はＰ電機四国》

僕は胸の鼓動が高まり、いつラーメンを食べ終わったのかもわからないほど動揺していた。

地元の情報は、そこの飲食店で聞くのが一番であると、常々、考えていた僕は、迷わずカウンター越しに麺を茹でている若い店員に話しかけた。

「お兄さん、この近くに水泳の速水京子の実家があるって聞いたのだけど、知っているかなぁ？」

「彼女の家なら、ここから車で十分ぐらいのところだよ。でも、お客さん、何しに行くの？」

と、少しイライラした様子で僕を見つめている。ここでも、地元のヒロインであった速水京子に好奇の目で近づく輩に対して、一般の人々がそれぞれの立場でガードしている様子が窺える。有り難いことである。

僕は、例によって、地元四国テレビの取材で来ていることと、京子のドキュメンタリー番組制作の折の、京子と僕の関わり等を話した。それによって少なからず疑いの目を向けていたラーメン屋の店員を納得させたように思えた。

「京子さんがここに移ってきてからも、相変わらずやじ馬の連中が来ているのかな？」

僕があらためて尋ねると、その店員は苦々しい表情で、

「本当に、あいつらは許せない！　普通の人の家の前で、夜中でも騒いでいるんだか

ら…。俺等、地元の自衛消防団の仲間が交代で彼女の家の見回りをして、何とか今は落ち着いているんだ」と言った。

「京子さんは、今、P電機で働いているそうだね。この新聞によると、実業団水泳大会に出場するとあるけど」

「彼女だったら、隣町のP電機の四国工場にいるよ。ここからだったら、③番乗り場のバスでP電機前まで行けるよ」

「ありがとう、とにかくその工場へ行ってみるよ」

僕は、勘定を済ませるとラーメン屋を出てバス停に向かった。

時刻は午後三時になろうとしている。

(京子はまだ仕事中だろう。いくら京子でも、強化指定選手を外れた者が就業時間中から練習は出来ないだろうからなぁ)

僕は、現在の京子がどのような練習をして、実業団水泳大会に出場できるまでに復活してきたのかを知りたかった。京子は、僕が訪ねて行ったら、どんな顔をするだろうか? そんな一抹の不安を抱えながらバスに乗り込んだ。

海が見えない田舎道の殺風景な景色を、僕はぼんやりと窓越しに眺めながら、今までの取材で得た情報の整理と、明日一日だけとなった出張期限での活動を考えあぐねていた。

当初の出張目的であった《人魚騒動のその後》の取材は、今や《速水京子のその後》というテーマに僕の中ではすり替わってしまっていた。

（結局、人魚がマーメイドに変わっただけだから…）

と、思わぬ副産物の期待もどこかにある。

T島の人魚騒動は、一年経っても何も新事実が出てこないことですでに飽きられており、僕はこの取材で得た材料だけでは、特番を制作する価値はないとの結論をつけている。

唯一、この企画を生かす方法があるとすれば、それは速水京子と結び付けることだ。

僕の考えはまとまっていた。最も知りたいことは、誰が速水京子を再び競泳の世界に連れ戻したかである。一番ふさわしいと思えた父親はすでに亡くなっている。三年前の決勝レースの痛手は彼女自身では乗り越えられないはずだ。

（では、誰か……？）

ここまで考えて、急に、僕はハッとして心の中にクッキリとある人間の姿を捉えていた。その人はいきなり両手を広げて、僕のほうに飛びかかってきた。

（飛び魚だ！『四国の飛び魚』こと鈴木涼太だ！）

僕は心の中で叫んでいた。速水京子が慕っていた水泳の先輩で、彼の事故が京子の歯車を狂わせたとすれば、その歯車を元に戻せるのは鈴木涼太しかいないのだ。

僕は企画書を書くかのように自分の推理を展開していた。あとは、京子に会って事実を確認するだけだ。

ここまで考えているうちに、そろそろバスは京子の勤めるP電機の工場に近付いてきた。何もない田舎の道路に、忽然と近代的で大きな工場が現れた。

僕はバスを降りると、工場の正門に行った。そして守衛さんに名刺を差し出し、来訪の理由を告げた。時刻は午後四時を回っている。

守衛の男性は、電話で連絡してくれたようで、「終業時間までまだあるので、五時にもう一度、ここに来てほしいそうです」と言った。

僕は、礼を言って、工場の向かい側にある喫茶店に入った。アイスコーヒーを注文したが、もうこの店の人には京子のことは聞かなかった。会社の前なので、また何か京子に迷惑が掛かるのを避けたかったからだ。

あっという間に約束の五時が近づき、僕は再びP電機の工場の正門を入った。先ほどの守衛さんが微笑んで、また電話を掛けてくれた。

「西本様、正面の建物の玄関を入ると、横にソファがありますから、そこでお待ち下さいとのことです」

守衛さんに言われて、僕は建物の玄関を入りソファに腰掛けた。

五分ほど待っていると、向かいのドアが開いて健康的に日焼けした長身の女性が現れた。

（速水京子だ！　まさにマーメイド！）

僕は、内心の興奮を悟られないように微笑みながら言った。

「京子さん、久しぶりだね。あの取材の折には有難うございました。元気そうじゃないか」

「西本さんこそ、お元気そうで何よりです。こちらこそ、あの時はご心配をお掛けしました。今日はどうされたのですか」

京子はすっかり大人になっていた。言葉使いも社会人として洗練されている。だが、愛くるしいその笑顔は当時のままだ。

「それより実業団の大会に出るんだってね。またプールに戻ってきてくれてうれしいよ」

京子は微笑みながら頷いた。

「有難うございます。色々ありましたけど、私にはやはり水泳しかないんだとわかりました…。すみません、この後、水泳部の練習があるので三十分くらいしかお話できないんですが…」

「いやっ、とんでもない、僕がいきなり来たんだから。聞きたい事は決めてあるので、お時間は取らせないよ」

　そう言って、僕はここに来た理由を順を追って説明した。もちろんT島の人魚騒動の取材がメインで、久しぶりの取材という事もあって、急に以前の京子の取材を思い出したのだ、ということを話した。

「京子さんは、どうしてこの会社に入ったの？」

　京子はちょっと、はにかむようなしぐさをしていた。

「実は高校時代、水泳部の先輩だった鈴木さんが、今年、大学を卒業してここに入社されたんですが、去年、内定をもらった後、十一月に私を推薦してくれたんです。もちろん、水泳部に入る事が条件だったんですが、そのご縁で十二月に入社させてもらったんです」

　そう言って、京子はちょっと頬を赤らめた。僕が頷くと、京子はさらに僕の疑問の一つを解いてくれた。

「鈴木さんとは卒業してからも連絡を取り合っていたんです。高校三年の全日本が行われた年の暮れに、父が亡くなったので、それからは鈴木先輩がいつも励ましてくれたんです。先輩がいなければ、私も水泳を続けられなかったと思います。卒業後も、夏の間は高校のプールを借りて練習させてもらいました。鈴木さんも大学の夏休みに帰省してコーチをしてくれました。鈴木さんはあの全日本の期間中に事故に遭いましたが、今では水泳部で一緒に泳げるようになるまで回復しましたよ」

「それは良かった。彼の事は僕も心配していたのでね。ところで、もう時間なので、練習後に少しだけお話しできないかな？」

「いいですよ。もし良かったら、私の家にいらっしゃいませんか？　母も喜ぶと思いますので」

僕は京子の母親とも、当時の取材で面識があったのだ。母親の前では聞きたいことも聞けなくなりそうだったが、考えてみると、この狭い町で夜遅くに京子と二人で話す場所などないので快くお邪魔することにした。

「それでは、九時に正門前で…」

言い終えると、軽く一礼して京子は走り去った。

僕は京子の計らいで、少し練習を見学させてもらう事になった。さすがに実業団でも、その名を知られる『P電機四国』の施設は充実していた。

広大な敷地内の別棟に、マシンが設置されたトレーニングルームと室内プールを備えていた。

室内プールの上部に設置されている見学コーナーからプールを見下ろすと、すでに数名の男女が練習を始めていた。その中で大きな声で選手達に指示を出しているコーチがいた。その顔に見覚えがあった。

（山田毅だ！）と、僕は思わず心の中で叫んだ。

彼はローマや東京でのオリンピックで全日本の有力選手だった。彼は現役の頃は自由形の選手だったが、現在は、各種目のコーチのまとめ役として総監督の立場にあるようだ。

やがて速水京子がプールサイドに入ってきた。彼女はちょっとこちらを見上げて微笑んでくれた。

僕も片手を挙げて応えたが、彼女の均整のとれた身体に驚かされた。高校時代よりも肩のあたりに筋肉が付き、百六十五センチの長身は、外国人選手にもひけをとらないほどだ。

自由形のコーチが、一言二言、京子に何かを言っている。それを聞いていた京子は、大きく頷くとプールに飛び込んでいった。

いきなりダイナミックなクロールで泳ぎだすと、高校時代の『瀬戸内のマーメイド』がよみがえってきた。

山田毅も京子が泳ぎだすと、そちらに視線を移して、時折、大声を上げて叱咤激励している。京子に対する期待の大きさが見ている僕にも伝わってくる。

(京子はここで練習を続けていけば、来年の全日本選手権にも出場できるぞ！)

僕は興奮したが、唯一の気がかりが京子の年齢である。今から三年前の一九七九年、京子が高校三年生で全日本に出場した時は、目の前の京子のように筋肉は付いておらず、しなやかな少女の身体であった。

水泳という競技は水中での全身運動という特徴から、筋肉の柔らかさ、関節の柔らかさが大きな武器となる、と何かで読んだことがある。

それゆえ、世界的な流れとして、十代の選手がオリンピックや世界選手権で上位を占める傾向になっている。その転換期になったのが東京五輪で、自由形の金メダルを四つも獲得したアメリカのD・ショランダー選手は、その時まだ十八歳であった。ちなみに、東京五輪でのアメリカの水泳選手の平均年齢は十六・四歳の若さで、水泳二十二種目中、金メダル十六個を獲得した、と局の資料で見た事があった。

京子は現在二十一歳だ。仮に二年後のロサンゼルス五輪に出場できたとすると、その時は二十三歳になっている。

そういえば、三年前のあの全日本で優勝したのも、東京の中学二年生で十四歳の星野ゆかりであった。彼女は、翌年のモスクワ五輪の日本代表になったが、日本の五輪不参加により、幻の代表選手となってしまった。

そんな事を考えていた僕の目は、速水京子に付きっきりでコーチしている男の顔に釘付けになった。

（鈴木涼太！　写真のとおりだ）

『四国の飛び魚』と言われた男は、今は選手というより、京子の専属コーチのように見えた。プールサイドから身振り手振りで、京子に指示を与えている。

僕は、見学を終了し、一旦、P電機の工場の外にでた。

時刻は夜の七時を過ぎている。急に空腹を覚えたので、工場近くの居酒屋に入った。

店内は混んでおり、見たところ客の大半はP電機の社員であるように見えた。カウンターの一角に陣取りビールと焼き物を注文してから、あらためて店内を見回した。奥行のある店で、手前にカウンター、後ろに小上がりを備え、奥には広い座敷があった。

運ばれてきたビールで渇いた喉を潤しながら、僕は先ほど見たプールの練習風景を思い出していた。

(速水京子に、終始、寄り添って息の合った練習を行っていた鈴木涼太は、当時、失意の中にあった京子が高校を卒業してから、すぐに練習パートナーになっていた可能性がある。

涼太はケガから立ち直ったといっても以前のような全日本レベルまで戻すのは無理であったろう。それならば、強化選手の待遇から外れて遠征試合にも行けず、それまで頼りにしていた父親も亡くした京子の力になって、自分の分までオリンピックで活躍してほしいと考えたのではないか）

僕がこう考えたのは、人魚騒動と速水京子を結び付けるカギを握っているのが涼太ではないかとの推理からだ。

京子が復活できた理由はほぼ確認できた。だが去年の人魚らしきものの正体に、速水京子が関わっている証拠が無い。

（この後、京子は何をどこまで語ってくれるのだろうか）

と、僕がビール片手に思案を巡らせていた時、ふと思いついて店の電話から四国テレビの田中にその後の情報を入れた。彼は参考になるかなと言いながら、

「速水京子の母校のプールは去年、改修工事があって使えなかったそうだ。水泳部も隣町の高校のプールを借りたりしていたが、うまくいかなくて、結局、県代表にもなれなかったそうだ」

と、新たな情報を提供してくれた。

（そうか！　去年の夏、京子は母校のプールが使えなかったんだ）

とすれば、京子も普段の練習場所が確保できなくて困っていたはずだ。だから祖母のいるT島へ行って、幼い頃、父親に泳がされたあの海で練習したとすれば、少し短絡的だが辻褄が合う。

そして、京子が昼間は人目を避け、夜間に海で練習していたところを、たまたま漁師に見られたと仮定すれば、人魚騒動も解明される。

そこまで推理を働かせていた僕は、時計が九時に近付いてきた事を知りあわてて会計を済ませると店を出て、再び工場の正門に向かった。

九時五分頃に、京子が現れた。大きなバッグを肩に掛けた姿は、かつて日本中を沸かせたスポーツ少女の面影を偲ばせる。

「お待たせしました。すぐ近くですので行きましょうか…」

「夜分遅くに悪いね。お母さんは大丈夫かな？」

「先ほど電話しておきました。驚いていましたが、懐かしいと喜んでいましたよ」

「それはうれしいねぇ、あの時はお母さんにも随分と迷惑を掛けたからね」

そう言う僕は、実際、あのドキュメンタリー番組がなかったら、京子はあんなにも注目される事は無かったと思い、余計なプレッシャーを十七歳の少女に掛けてしまった責任をずっと感じていた。

お互いの近況報告をしているうちに、京子母娘が住むアパートに到着した。二階の部屋の扉を開けて、京子の母親が笑顔で出迎えてくれた。

「まぁまぁ、ご無沙汰しています。西本さん、お元気そうですね」

京子の母親は、満面に笑みを浮かべて僕を出迎えてくれた。

部屋の中に入ると、すでにビールとおつまみが用意されていた。

「すみません、遅い時間にお邪魔して。出張の時間が限られていて、こんな時間になりましたが、久しぶりに京子さんにお会いしたかったのです」

と言い訳をしながら、先ほどの工場近くの居酒屋でお土産にしてもらった鳥の唐揚げを手渡した。

「まぁ、おいしそうなこと。すぐ出しますね」

と言って、京子の母親は台所に行った。

「京子さん、実業団の大会では、どの種目に出場するの？」

「得意の二〇〇m自由形と四〇〇mにも出場する予定です」

京子は弾むような声で答えると、隣に座ってビールを注いでくれた。

二十一歳になった京子は、僕と一緒にビールを飲める年齢になっていた。その事に少し感慨深いものがある。

最初、母親も含めて昔話に花が咲いた。京子が高校三年生の時に父親が急死し、高校を卒業してからここへ引っ越してきた。

母親は働きに出て家計を支えていたので、京子も進学をせずに地元のスーパーで働いていたとの事であった。

しばらくして、母親は気を利かせたのか、台所に引っ込んで洗い物を始めていた。

僕はこのチャンスに核心に迫りたいと思い、京子に疑問の一つ一つを訊ねる事にした。

「京子さんは高校三年の全日本の後は、水泳の練習は続けていたの？」

京子はちょっと俯いて苦しかった当時を思い出したのか、今度は頭を後ろに反らすようにしてから語り始めた。

「あの後は、完全に心が折れて競泳をするうえでの向上心や野心が全くなくなりました。水泳部の練習に参加しても、ただ目標も無く泳ぐだけで、周りの部員たちも遠巻きに私を見るような感じで、それは辛かったですね」

「その年の暮れに、お父様が亡くなって余計に辛かったよねぇ」

「そうですね、父は学校以外でのコーチの役をしてくれていたので、精神的な支柱の一本を失ったと思いました」

　ここで僕は、より突っ込んだ質問をしてみた。

「もう一本の支柱が鈴木涼太さんだったのかな？」

「その通りです。鈴木先輩は父のお通夜に来てくれて、後日、連絡をくれたので、そこから色々と相談するようになりました。まぁ、先輩は大阪の大学に通っていたので、会うのは限られていましたが、会えば必ず水泳のアドバイスをしてくれました」

「京子さんは、その事で新たな目標を見つけられたのかな？」

京子はビールを飲み干すと、晴れ晴れとした様子で、語り始めた。

「はい！　先ほど工場でも言いましたが、私には水泳しか無いという事がよくわかったのです。水泳は私の生きる支えでもあるんです。取りあえずどこにも所属していなかったので、とにかく基礎練習だけは欠かしませんでした」

「練習場はどうしてたの？」

「卒業してからも、夏期は母校のプールを使わせてもらっていました。在校生の練習が終わる夜の七時から九時までですけど、コーチもいないので、たった一人の練習でした」

「夏期以外はどこで練習したの？」

「春、秋はウエットスーツを着て海で泳いだり、市内の室内プールに時々通っていました。冬はさすがにランニング等で体力作りをするだけでしたけど…」

（なるほど、彼女の説明には疑いようもないなぁ…）

僕は、自分の推理と彼女の話を整合させて、辻褄合わせをしていた。

そんな僕の考えを知ってか知らずか、京子は屈託なく色々と話してくれた。僕はさらに突っ込んだ話をした。

「そういえば、去年は母校のプールが工事で使えなかったと聞いたけど…」

「そうなんです。それで去年は夏にT島の祖母の所へ、畑仕事の手伝いに行ってたんです。畑仕事も結構体力作りには有効なんですよ」

と、京子は笑いながら言って、僕の持ってきた唐揚げに箸を伸ばした。

　僕はT島の話をどこで出そうかと思案していたのだが、京子のほうから話してきたのは、少し予想外であった。

（やはり京子は人魚騒動とは無関係なのか？）

「T島といえば、去年は人魚騒動があったよね。実は、昨日、取材で僕も行ってきたんだよ。京子さんは人魚騒動の時もT島にいたの？」

　京子は、少し黒い瞳が動いたように見えたが、淡々と答えてきた。

「ええっ、私もびっくりしました。あの辺りは幼い頃に、父と一緒によく泳いだ所ですから。取材で何か分かったんですか？」

「いやっ、何も新しい事実は出てこなかったよ。目撃者二人には話を聞いたけど、あ

まりにも大きな報道になったので、二人共、自分の証言に自信が持てなくなっている
ように見えたよ」
　僕はなるべく京子に本心を見透かされないようにつまみを口にした。
「今思えば、その頃も、鈴木先輩が大学の夏休みで連絡してきてくれたので、都合を
つけて、こちらに戻った折に、市内のプールでフォームを見てもらったり、何かとア
ドバイスをもらっていました」
「その後、彼が京子さんを、自分が内定したP電機四国に推薦してくれたんだね」
「そうなんです。所属するクラブも練習場もなかった私には夢のようなお話でした。
今は本当に恵まれていると、先輩には感謝しています」
　京子は嬉しそうに語ってくれた。
　そろそろ時間が十一時に近付いてきたので、彼女の反応を探ろうと思い、僕はズバ
リと聞いてみた。
「京子さんはT島の海で、夜、泳ぐ事はなかったの？　昼間は目立つから泳げないだ
ろうしね」

京子は、意外な事を聞くなぁ……、という顔をして、少しの間、僕の目を探るように見つめていたが、少し強い口調で語り始めた。

「それはないですね。第一、あの辺りの海は夜では危険だし、父からも夜は泳ぐなときつく言われていました。ましてや人魚騒動などもあって怖くて泳ぐどころじゃないですから」

と、最後は笑いながら少しあきれたような話しぶりだった。

「そうだよね。あそこで夜泳げるのは、人魚か何かの怪物ぐらいだろうね」

そう言って、二人で大笑いした。

時刻が十一時になったので、母親にも礼を言って、僕は京子のアパートを出た。

今日は時間も遅いので、京子の母親に聞いた近くの旅館で一泊する事にした。

旅館で床に就くと、先ほどの京子の様子を思い返していた。

T島の人魚騒動にも大きな動揺は見せなかった。僕の推理には無理があるのか。たしかに女一人で、あの夜の荒海に泳ぎに出るのは現実的ではないかもしれない。

その時、僕はハッとして京子の話のある部分を思い出していた。あの時、京子は、夏休み中の鈴木涼太が連絡してきたと言った。

（二人で練習するなら、夜の海でも泳げるのではないか…）

つまり、彼が何らかの命綱を京子に付けさせて、常にライフガードしていれば、京子も安心して泳げたのではないか？

僕は、一旦は完全に打ち消されたと思った人魚と速水京子の結びつきに、ほんのわずかな可能性が残ったと思った。

目の前を雄大に、そして優美に泳ぐ人魚が浮かんできた。そしてそれが振り向くと、その顔は京子であり、僕のほうを見て微笑んでいる。

そんな光景が見えたと思ったところで、僕は眠りに落ちていた。


翌三日目は、四国テレビの本社へ行くついでに実家に寄る事にしていた。

旅館を出てから、午前中に四国テレビの本社へ行き、『人魚騒動のその後（仮題）』の取材報告を行った。結論として、このテーマで番組制作するのは時期尚早であると報告した。

その理由は、その後の新たな目撃者が現れていないのと、当時の二人の目撃者もその証言が揺らいでおり、その信憑性に疑問があるからである。

しかし、僕が最も関心を持っている速水京子との関連については、一切、報告しなかった。ここで、再び、彼女をマスコミの前に登場させれば、せっかく復活のチャンスを摑み掛けている京子の将来を台無しにする可能性があるからだ。速水京子のことは、僕の責任において、僕だけの胸にしまって取材を続けるつもりでいた。

また、調査を依頼していた田中にも、今までの礼を伝えると共にこの調査のことは伏せておくように念を押した。

本社での報告の後、僕は会社の資料室に行き、一九七八年に放映した『瀬戸内のマーメイド』のビデオテープをあらためて観返してみた。

少女の面影を残す速水京子の姿がそこにあった。その容姿は昨日、P電機の工場で見た筋肉質のスポーツウーマンではなく、ほっそりとした少女そのものであった。

しかし、ダイナミックな泳ぎは、すでにこの頃から見る者をうならせていた。

このドキュメンタリー番組のラストシーンの、海を眼前に臨む無人駅での彼女の姿が、今でも印象的であった。希望に満ちた活き活きとした京子の笑顔がそこにあった。

この放映後、速水京子はアイドル並みの人気を博し、十七歳の彼女はその重みを背負い切れなくなったのだろう。

その後、本社を出た僕は、電車でK県の実家に戻り、久しぶりに両親と団欒の時を過ごした。

それから一か月経った八月のある日、四国テレビの東京支社で営業活動を続けていた僕の所に、四国本社の田中から電話が入った。

「おい西本、大阪で開催された実業団水泳大会で速水京子が二〇〇m自由形で優勝したぞ！」

「本当か！　彼女のコメントは取れたのか？　鈴木涼太はどうだった？」

「彼は二〇〇mバタフライで四着だったよ。彼の場合は例の事故以来、ここまでが精いっぱいだが、彼は、自分の事より速水京子のコーチとして頑張っているようだよ」

同期の田中の話をまとめると、速水京子が所属するP電機四国は、この大会で団体三位入賞となり、監督の山田毅の手腕が高く評価されているそうだ。

速水京子はこれで、来年の四月に行われる全日本選手権に四年ぶりに出場する事が決定し、この時点で再びオリンピック強化指定選手になったそうだ。

もし来年の全日本で二位までに入れば、夏の世界水泳選手権に出場でき、さらに再来年のロサンゼルスオリンピック出場も見えてくるという事であった。

高校卒業後のブランクを克服して、京子が再び闘いの場（プール）に戻ってきてくれた事は素直に嬉しい。

しかし全日本では、若い力が台頭している。来年二十二歳の京子は果たして勝てるのだろうか？

季節は冬を迎え、年が明けて足早に、一九八三年の桜咲く四月になっていた。

そして、東京のオリンピック記念プールで行われる全日本選手権には、全国の実業団、大学、高校、そして中学に至るまで有力選手が集結してきた。

速水京子が出場する二〇〇m自由形には、今やこの種目で第一人者となった星野ゆかりも出場する。四年前の全日本で優勝した当時は中学二年だった彼女も高校三年生になっていた。

そして星野ゆかりも四年前の京子と同じように、中学生の新星達にその座を脅かされ始めていた。

世代交代はいつの時代も、どの競技でも起こっている。二十二歳の速水京子がどこまでその経験を生かせるかに注目が集まっている。

もう京子を『瀬戸内のマーメイド』と呼ぶ人は少なくなっていた。

東京開催の全日本選手権を、僕も観に行く事にした。そして、その大会二日目に京子は登場してきた。

二〇〇m自由形の予選第二組。すでに第一組では星野ゆかりが一位通過している。

この二組には中学生も多く出場していて、いずれにしても京子が最年長であった。

スタートと同時に、若い中学生達が勢いよく飛び出して行った。例によってスロースターターの京子は八人中四番手に着けて一〇〇mを折り返した。

残り一〇〇ｍになると、京子はさすがの実力を見せて加速してきた。ダイナミックな泳ぎは、シャープな中学生の若アユを思わせる泳ぎを凌駕するイルカのような迫力があった。

最後の二五ｍで先頭に立った京子はそのまま一位でゴールした。プールサイドにはコーチ役の鈴木涼太もガッツポーズをして出迎えている。

同じ日に行われた準決勝でも、京子は余力を残して三位に入り、明日の決勝に進む事になった。

いよいよ運命の全日本選手権決勝の朝が来た。僕も午前の公開練習を観ようと、会場のオリンピックプールに駆け付けた。

観客席からプールを見ると、大勢の選手に混じって京子と鈴木涼太がプールサイドで入念な準備運動と打ち合わせを行っていた。

その後、京子がプールに入り軽くウォーミングアップを始めた。ゆっくりと泳いでいるが、鈴木涼太はしきりに何かを言っている。

五〇ｍをターンしてから京子のスピードが増した。その泳ぎを見て、僕も四年前の悪夢の再現はないと確信した。何よりその時の原因となった鈴木涼太は元気にコーチをしてくれているのだ。

京子は三往復してからプールから上がった。そして観客席をチラリと見て、僕に手を振ってくれた。

今日は周りを見る余裕もある。これなら大丈夫だ。僕は安心して一旦、会場の外に出た。

女子二〇〇ｍ自由形決勝は午後三時から始まった。多数の報道陣も詰めかけている。僕の後方には、京子の所属しているＰ電機四国の応援団が陣取っている。

いよいよ決勝に残った八人の選手が入場してきた。京子は第六コース。四コースにはあの星野ゆかりがいる。しかし総じて若い。半分が中学生だと聞いた。

高校三年生になった星野ゆかりも、四年前に新星と言われた中学生時代から随分と身長も伸び、ある種の凄味すら身に付けていた。

場内に選手の名前がコールされていく。やはり第四コースの星野ゆかりには大声援が沸き起こった。

そして第六コースの速水京子にも、四年前を知るファンや地元の応援団から大きな声援が湧いた。

その時、四コースの星野ゆかりがチラリと京子を見た。そして腕をグルグル回して闘志を高ぶらせているように見える。

スタートが近付き、各選手が位置に着いた。合図と共に八人の選手が一斉に飛び込んだ。

京子のスタートは悪くない。だがスロースターターの京子は最初の五〇mを五位で折り返した。

トップは予想通り星野ゆかりであったが、彼女を両側から挟み込むように、三コースと五コースの中学生コンビが猛追している。

京子も一〇〇mをターンする頃には、その三人を追って四番手に上がった。

トップ争いは熾烈を極めた。星野ゆかりは何とか両側の二人の中学生を振り切ろうとするが、なかなか引き離す事ができない。そのままの順位で一五〇mを折り返し、いよいよ最後の五〇mに入った。

ここで、京子が猛然と加速してきた。

「京子、行けぇ！」と、僕は我を忘れて叫んでいた。

ここにきて星野ゆかりはあまり伸びず、変わって三コースの名古屋の中学三年生がトップに躍り出た。

京子は、五コースの中学生を抜いて前を行く二人を追いかけた。残り一五mのところで、遂に星野ゆかりを捉えたが、その前を行く名古屋の中学生には追い付けない。

歓声と悲鳴が交錯する中、三コースの中学生が一着でゴールし、京子は身体半分ほどの差で二着に入った。

本命の星野ゆかりは最後で伸びを欠き、京子から更に身体半分遅れての三着に沈んだ。

京子は電光掲示板に目をやって、二着を確認すると小さくガッツポーズをしたように見えた。それから観客席の地元応援団に手を振った。

すべての光景が四年前の時とは対照的であった。

京子はまだ、ゆっくりと確かめるように泳いでいる。それからプールサイドに向かいプールから上がろうとした時、一本の手が差し出された。

見ると、そこには星野ゆかりがこちらを見て微笑んでいる。

「速水先輩、お疲れ様でした」

そう言いながら、星野ゆかりは京子の手を握ってプールから引き上げてくれた。

プールから上がった京子を、決勝レースに出場した他の七人の選手全員が彼女を取り囲むように出迎えた。

一着でゴールした名古屋の中学三年生の志水裕美が真っ先に握手を求めてきた。

「先輩、お疲れ様でした。世界選手権ではよろしくお願いします」

と笑顔で言うと、他の選手も次々に、京子と握手を交わした。

彼女達にとって、速水京子は伝説のスイマーなのだ。志水裕美は小学生の頃から速水京子に憧れて水泳を続けていたと、後日、僕に語ってくれた。

そして最後に、星野ゆかりが両手で京子の右手を包み込んだ。

彼女は四年前に京子を破ってからは、前回大会まで四連覇を果たしており、今回の敗北は相当悔しいはずだが、清々しい表情を見せて、

「先輩、今日は負けましたが、先輩は世界選手権で来年のオリンピック代表の座を勝ち取って下さい。私は残りの一枠を目指して、来年の全日本で必ず勝ちますから。どうしても速水先輩と一緒にオリンピックに行きたいんです」

そう言って、にっこり笑う星野ゆかりを、京子は思わず抱きしめた。そして二人とも大粒の涙を流していた。

場内の観客は、温かい光景に拍手と歓声が鳴り止まなかった。僕も人目も憚らず、大声で泣いてしまった。

思えば四年前に京子が惨敗した時の光景とは、天と地ほどの差があった。

そして、決勝レースに出場した八人が手をつないで退場していった。

後日、八月の世界選手権への出場選手が発表され、女子二〇〇m自由形は志水裕美と速水京子が選出された。

星野ゆかりは女子四〇〇mリレーの選手として選ばれていた。

僕はこの展開を受けて、もし速水京子が世界選手権で入賞したら、『瀬戸内のマーメイド』の続編を制作する企画を、すでに四国の本社に打診していた。

本来なら、これですべてがハッピーエンドとなるはずだったが、僕にはどうしても腑に落ちない事がある。

そう…、T島の人魚騒動と速水京子の関係である。特に、鈴木涼太が手助けして、あのT島の夜の海で、実際に練習したのかどうかをどうしても知りたかった。

京子本人については、以前、彼女の自宅でこの事を訊ねた時に明確に否定していた。しかも、その時には、一人ではとてもあの夜の海で練習など出来ないと、協力者の存在を窺わせる事はなかった。

鈴木涼太に直接、聞くこともできるが、彼も否定するに違いない。その上、彼は京子に口止めする事も考えられる。

もちろん、僕はこの推理を解明したからといって、それをマスコミに公表するつもりは全く無いし、四国テレビの電波に乗せるつもりもなかった。

これは僕の意地や自己満足ではなく、取材をする使命に駆り立てられてのジャーナリスト魂からくる行動だと言ったほうが良いかもしれない。

速水京子という逸材を取材し、その後の浮き沈みも見てきた者として、その過程で疑問に思った人魚騒動との関連性について、どうしても決着をつけなければ、報道に携わる者としてのケジメが付けられないのだ。

四月の全日本選手権から一か月が経ったさわやかな五月のある日、僕は思い切って、速水京子に電話をかけて、今度の週末に取材の約束を取りつけた。

この三か月後には、パリで世界選手権が開催される。そんな忙しい中で、久しぶりの休日なのに京子は快く応じてくれた。

M市の駅で待ち合わせると、そこから車で、以前、京子を撮った番組のラストシーンに登場した『海の見える無人駅』に京子を連れて行った。

この無人駅は、M市から単線の電車で一時間ほどの所にあり、時折、その絶景から映画やCMの撮影にも使われていた。

その日は天気も良く、午後の穏やかな時間が流れる無人駅のホームには、電車を待つ人も無く、静けさだけが支配していた。

夏草の向こうに海が間近に迫る、駅のホームのベンチに二人で腰掛けて僕は思わず深呼吸をしていた。

潮の香りを含んだ空気がうまい。京子も笑って真似をした。そして二人はしばらく笑い合っていた。

傍目から見ると多分、若い恋人同士のように見える事だろう。

早速、僕は用件を切り出した。

「実は、今日来てもらったのは、どうしても引っかかっている事があるので聞いておきたいと思ってね」

「あら、何ですの？」

と、京子は涼しげに笑っている。

「また思い出させてしまうのは気が引けるけど、二年前の夏にT島のおばあ様の所へ手伝いに行った時、鈴木涼太さんは島に来たのかな？」

「ええっ、来ましたよ。ちょうど先輩も大学の夏休みで帰省してるからと言って、三日間ほど来てくれましたね」

と、京子はあっさり認めた。

僕は京子の落ち着いた様子に、自分の推理に自信が無くなり掛けたが、これが最後のチャンスだと、自分に言い聞かせて質問を続けた。

「その時は、一緒に練習したの？」

「ええっ、先輩がコーチ役を買って出てくださり、早朝の浜でのランニングとストレッチ、そして夜間のランニングにも付きあってもらいました」

「その時、海には入らなかったんだよね…」

京子はキョトンとしたが、その目に少し疑惑の影が差しているように見えたのは思い過ごしか。

「何故、西本さんは、又、そんな事を聞くんですか？　前にも言ったように、あの辺の夜の海は危険なので、いくら先輩と一緒でも泳ぎませんねぇ」

と、京子は半ば呆れたように、しかしきっぱりと言った。それでも僕は諦めなかった。

「これは一般論で聞くんだけど、たとえばコーチ役の人間がライフガードになって命綱を相手に装着すれば、女性でもあの夜の海で泳げるのかと思ってね」

それを聞いて、京子は笑い転げた。

「アハハハ…、西本さん、そんなこと無理ですよ。西本さんはあの海の恐ろしさを知らないから、そんな事が言えるんです。あの岩場のあたりは下のほうも流れが速くて、ちょっとでも油断するとすぐに沖まで持っていかれてしまいます」

と言って、京子はしばしの沈黙の後に、僕の推理を完全に打ち消すように言った。

「それに、いくらコーチが命綱でサポートしてくれるとしても、どこにどうやってロープを固定するんですか？　下手をしたら二人とも海に投げ出されて溺れてしまうかもしれない。それぐらい危ない所なのです。ましてや夜で真っ暗なんだから…」

京子は饒舌で、逆にそこまで理路整然と否定してくるのが奇異にも感じたが、証拠が無いのでこれ以上は追及できない。

「わかったよ。しつこく聞いて悪かった。やっぱり人魚の話が出ると、つい京子さんと関連付けたかったのかもしれないね」

「西本さんは、まさか私があの夜、海で泳いでいて漁師の人に見られたと思っているのですか?」

「うん、実はそのように推理していたよ。でも、もうわかった。これは僕のロマンだったんだ！　気が済んだよ。ちゃんと説明してくれて有難うね」

その頃には西の空がきれいな夕日に染められて、美しい瀬戸内海と境目なく溶け合っていた。

その絶景の中で、黙り込んでいた京子がゆっくりと僕の方を見てにっこり笑って言った。

「もし私が人魚の正体だったら、どうするおつもりですか?」

そう言う京子の目は少しミステリアスな愁いを含んで、その黒真珠のような瞳に吸い込まれそうな感覚を覚えた。

それは速水京子が、今まで見せたこともない表情であった。

京子は少しの間をおいて、フッと表情を崩した。

「冗談ですよ、冗談！　西本さんがあんまり真剣なんで、ちょっとおどかしてみたくなったんです。ごめんなさいね」

京子は悪戯っぽく笑うと、夕日を背にしてこちらを見た。

その神秘的な姿に圧倒されて、僕は異様な感覚におそわれた。何と表現すればよいのかわからないが、少なくとも真相解明は出来たことになる。

と言うよりも、それ以上の追及を許さない何かが、僕のことばを封じ込めた。いずれにしても当事者が否定している以上やむを得ないが、すっきりとした感覚にはほど遠かった。

夕闇が迫ってきたので、僕は京子を促して、車でM市まで戻って行った。

その後、僕の頭の中から速水京子の記憶は薄れかけていた。他の仕事の案件で、東京での営業活動に没頭していたからである。

そして八月の世界水泳選手権も間近に迫ったある夏の日、たまたま目にした新聞記事に速水京子の絶好調ぶりが報じられていた。

そんな事もあって、僕は会社の夏休みを利用して、再びあのT島を訪れた。

約一年ぶりであったが、《人魚のいる島》というイメージは相変わらず掲げているものの、訪れる観光客はますます減っていた。

島に着いたその夜に、人魚の目撃された場所に行ってみた。相変わらず『人魚目撃の地』の標識は立っていたが、すでに騒動から二年が経過し風雨などによる劣化が激しく、それと共に噂も風化してしまったように見えた。

その象徴がまさにこの古びた標識だと思うと、『瀬戸内のマーメイド』を追いかけたこの五年間の出来事が、まるで昨日の事のように鮮やかに思い起こされる。

月の光が、岩場と波飛沫の美しいコントラストを見せて、それが神秘的で妖しい雰囲気を醸し出している。

（人魚が出てもおかしくない景色だなぁ…）

僕がそんな感傷に浸っていた時、岩場の向こうの海で何かが動くのが見えた。

そして突然、バシャーン！という音がして大きな魚のようなものがこちらの浜と並行に泳いでいる。唐突に、波飛沫を巻き上げて銀色の尾びれのようなものが見えたが、やがてそれは海中に没したのか、すぐに静かになった。

（今のは何だ？　でもやっぱり大きな魚のようだったな）

あの時の二人の漁師も、今のような魚を人魚と間違えたのかもしれない。

こんな満月の夜に、月の光を浴びた海を見ていれば誰でもそんな感覚に陥るだろう。

踵を返して浜を去ろうとした僕の耳に、微かに女性の歌声が聞こえたような気がして、僕は思わず振り返った。

しかしそこには、思わず身体を引き寄せられそうな夜の海以外に何も見えなかった。

（伝説とは、人の心に棲むものなのか…）

今の女性の声は。ギリシャ神話に登場する『セイレーン』を想像させた。

セイレーンとは、その歌声で航海する者を魅了し船を難破させる伝説の生き物で、いつしか人魚としても描かれるようになったという事を本で読んだ記憶がある。

僕はこの一年の間、あまりにも人魚にのめり込んでいたのかもしれない。その結果が、今のセイレーンの歌声なのか？

僕の心の中に『人魚』と『瀬戸内のマーメイド』が深く刻まれていたようだ。

そして、もしかしたら僕の中で、速水京子への恋心が生まれていたのかもしれない。そう考えると照れくさいが、すべて辻褄が合う。

単なる興味深い取材対象だった京子を、二年前に起こったこの島の人魚騒動が引き金となり、僕の心の中でどんどん京子を偶像化していき、速水京子こそが美しい人魚そのものであると思い込みたかったのだろう。

いい年をして、（自分の恋心も理解できなかったのか）と、ただ笑うしかない…。

しかし、もう終わったことだ。明日からは一ファンとして速水京子を応援しよう。

僕は、ようやくその場を離れることにした。おそらくもう二度とこの島に来る事はないだろう。

（さようなら、僕のマーメイドよ！）

完

参考文献

『われらすべて勝者　東京オリンピック写真集』講談社

著者プロフィール
月野 透（つきの とおる）
大阪府出身。
大学卒業後、音響機器メーカー、放送局、テレビ番組制作会社、ITベンダー等を経て、現在は印刷会社に勤務している。
著書『ねこと彼女と世の中と』（文芸社、2018年）

碧き海の伝説

2021年10月15日　初版第１刷発行

著　者　月野 透
発行者　瓜谷 綱延
発行所　株式会社文芸社
〒160-0022　東京都新宿区新宿1－10－1
電話　03-5369-3060（代表）
03-5369-2299（販売）

印　刷　株式会社文芸社
製本所　株式会社MOTOMURA

©TSUKINO Toru 2021 Printed in Japan
乱丁本・落丁本はお手数ですが小社販売部宛にお送りください。

送料小社負担にてお取り替えいたします。

本書の一部、あるいは全部を無断で複写・複製・転載・放映、データ配信することは、法律で認められた場合を除き、著作権の侵害となります。

ISBN978-4-286-23041-2